泣きたい日がここにある

Maya Agou
吾郷 真夜

文芸社

泣きたい日がここにある

目次

赤い瞳

小猫

泣きたい日がここにある

かくれんぼ

動物みたいに

赤い瞳

赤い瞳

世間知らずと言われてる

だけど
おじさん　それは違うんだ
何にも知らないふりをして
空っぽのふりをすると
どこかの誰かさんは
世間知らずほど純白だと勘違いするから

世俗をかみしめて嫌った結果こうなりました

誰かが私ののんきな仮面に気づいてくれるのならば

笑いあう群集の中から
私だけを連れ出して

夜の影の隅っこで
私の仮面をはぎ取って
赤い目をしている
私の瞳を強くジッと見つめて欲しい

女の子

扉を開く前に
絶望を知ってしまった

思春期の悩める女の子が好きよ

やるせないのに
好奇心だけは強いから
歩幅もさがせぬまま
綱渡りをしても落っこちてしまいそう

扉を開く前に
絶望を知ってしまった

思春期の悩める女の子が好きよ

心だけを愛せる人なんて
どこにもいないことを知った後
悩むことを止めてしまった

女の子が好きよ

男の子

思春期のあなたが好きでした
悩めるあなたが好きでした

汗に塗《まみ》れたユニフォーム
真っ黒に日焼けした笑い顔からのぞく
真っ白な八重歯がいとおしくって
脱力感に駆られながら

夕日に照らされる
悲しい影が好きでした

あなたの周りは
いつもガラスが砕けて散乱していたから
わき目も振らず
破片をかき集めることに夢中だったね　あなた
あなたは破片で怪我していることにさえも気付かずに
無防備に無鉄砲に自傷行為を繰り返してた

だけど

ある日

突然放棄して
「いっせいのっ」　で羽広げ
次の瞬間
夕陽に翔けてった
私　あなたを追いかけてたのよ

あの日のガラスは散らばったまま

夏の弔い

甘く焦げた
　　匂いの欠片

一夜の祭りのいとおしさ

やせた金魚の儚さに

線香花火見舞ってやろう

小さな命

満足に息を吸い込めなくて
息苦しくって
死んでしまうんじゃないかと思ってた

私は小鳥

小さく体を震わせながら
精一杯
救いの手を求めてた

私は子猫

疑うことを知らなくて
知らない人の掌で
時を忘れて遊んでた

私は子犬

悲しい自分に気付きたくなくて
だけど
負けん気だけが強くって
握りこぶしに力を込めて
表情一つと変えないで
心の瞳さえもきつくつむった

私は子狐

少し冷たい夜のこと

十月の満月が
キラキラ過ぎて
少し冷たい夜がきて
次にあなたが羽を休めるその夜に
飛べない私は何をしよう
プリンのベッドにあなたを寝せて
消せない野心であなたを食べたい

甘い声でささやいて
こんなに心　揺らしても
あなたは罠には掛からない

見向きもせずに風に乗る
風に乗って森をかけ
楽しそうに空を仰ぐ

私は胸にナイフ持ち
こんなに愛しているのにと
あなたの羽をちょん切った

羽の毛　ヒラヒラ　舞い落ちた
少し冷たい夜のこと

孤独注意報

テスト用紙に「孤独」を描いて
細かく千切った紙くずを
放課後
屋上から飛ばそうよ

今夜
この街に孤独注意報が出るはずだから

TDK

娘

この子はもしかしたら
本当に化けるかもしれない
この子めっちゃ綺麗に化けるわ
夜の女になるわ
期待の星やわ
っと男の人たちにはやしたてられた
その娘は期待しないでよっと
軽くはにかみ苦笑する
軽い気持ちで突っ込んで
気を緩めてるうち
足を引っ張られがちなのはよくわかる

女を道具に若さを武器に
ここで娘は彼らの恋人
恋人ごっこを真似ながら
子猫のように振舞うの
見えないように計算高く
酔わせてふところ緩ませて
媚びてそれを悟らせない

イカれた世界でイカれても
誰も気付いてくれないよ
私の友だち騙されて
シャブでボロボロ
壊れたの

学校、辞めて
体を売った
楽してお金が入るでしょ
真面目娘《まじめこ》ちゃんって馬鹿らしい
それでも
花の命は短くて
溺れた娘は
惨めな一生送るのよ

初めのうち
田舎から出てきたその娘は
「化粧も出来ない小娘だ」
笑われその娘うつむいたけど
あっという間に馴染んでいって
それと同時に売れっ子に

ここは楽園
幻の国
ホントはみんなわかってる
金だけ消えて
何が残る
だけども男はこんなもの
そう言いグラス飲み干して
この後ドライブ行かないか
それが彼の口説き方
呆れて隣を振り向けば
隣の男も娘を口説く

そんな夜を過ごすうち
夜の時間が増えてって

昼の時間が減ってった

そしたら
あの娘
知らぬ間に
男がお金に見えてきて
お金のことで頭が一杯

このままじゃあいけないなぁっと
ぼんやりしながら思うんだけど
夜さえくれば

「どうでもいいの」

こうして溺れてくのね
だぁるくお酒をつぎたして
ぼんやりしながら
煙草をふかす

りんぐ

一生に一度しかない
今だけど
生まれて初めての
今だから
右に進む?
左に進む?
前へ歩く?
後ろへ戻る?
いろんな歩幅を模《かたど》れるけど
一番ステキな歩幅をさがす

さがして　さがして
何度と泣いた
泣いて泣いて　涙があふれて

さがして　さがして
何度と笑った
笑って笑って　笑顔があふれて

夢も愛も憎しみも
希望も絶望も悲しみも喜びも
出会いも別れも裏切りさえも

みんな
どっかでつながってるよ

空白のページ

毎日が空虚で
何にも手につけることがないとき
考えることさえも思い浮かばないから
テレビをつけてみるけれど
画像を見ているのは
空っぽの私で
画像だけが進んで進んで散らばっていくよ
それなら本でも読もうかしらって
素敵な本を前にしてみる
ページを開いて
文字をたどっていくけれど

たどってく文字は一瞬にして脳の中から散らばっていく
何にも手につかないよ

空白の時間をどう使おう
まるで机の上に山積みになった宿題みたい
時が過ぎるのを待つことが
私の課題

空白のページに何を埋めよう
時間の使い方を知らない私が
この世から消えてしまっても
その跡《あと》には
何にも残らない気がした

小猫

小猫

女の子は男の子よりも切なくなるための要因を
少し沢山持っているようです。
女の子は男の子の理解できない場所に
自ら無防備に迷い込んでいっては
沢山の感情にキズをつけながら彷徨います。
それを埋め合わせる為に
女の子は男の子に甘ったれることに喜んで溺れていくんです。

それから私の彼は甘ったれのワガママな女の子が好きです。
世間知らずで、いつまでたっても自分の袖から世界を覗いている
るようなそんな女の子を守ってあげたくなるみたいです。

私もそんな女の子に魅力を感じます。

すり寄って、スリスリと愛情をすりつけられたのなら、その甘い余韻に浸ってしまいそう。

第一、女の子の素肌は柔らかいものだから、しなやかなその素肌の虜になってしまうのよ。

ついでに、知ってますか?

甘ったるい声と瞳は男の子にとって、ワガママな欲求さえも傲慢な考えさえもいとおしく狂わせてしまう女の子の付属品であって、魔法なんです。

その魔法を上手い具合にかけられた男の子は幸せだし
少しかわいそう。

最初の扉を開くと、愛しい小猫のために生きている男の子は希望に満ち溢れキラキラしてるのがわかるでしょう。

心にポッカリ空いているのに隠していた孤独の穴は愛すべきワ

ガママさんが満たしてくれるし。女の子は男の子の本能をもてあそび、転がす術をも知ってしまっているんだから。
過去を忘れ、ワクワクする刺激的な未来を隠し持ったまま今を幸せに生きれたことなんて、ここ最近男の子にはなかったのよ。

だけどね、
忘れちゃイケナイのは次の扉で、
男の子は胸を膨らまして次の甘いお菓子を待っているのにやっぱり、小猫は飽きっぽくてワガママだから、
自ら荒野に足を運び迷子になってしまうんです。
そのくせ、そんな自分に酔いしれて、か細い声で鳴きながら無防備に心にキズをつけてしまうから。

しくしく、にゃーにゃー、別の場所に行けばもっと優しい胸に辿り着けるかしら。

ってな具合にね。

小猫が次の場所を探し始める頃、
男の子は希望を浜辺に転がし
絶望の海に溺れていくのです。

女の子は甘ったれでワガママです。

だけど、それに負けて愛してしまうのは男の子です。

立ち止まる瞬間《トキ》

もうね、
毎日自分を
励ましたり
勇気付けたり
思い直させたり
諦めさせたり
夢を持たせ続けたり
受け止めさせたり
反発させたり
自制させたりして
自分を前に進ますの

無理矢理
背中をドンって押すの疲れたよ～

だけどね、
今　私は一人で
ほっぽってたって
だぁれも背中を押してはくれないの

そしたら
私　立ち尽くしたまま
歩幅を広げようともせず
2本足で立つことさえも疲れて
仕舞いには
しゃがみこんでしまうんだろうな

だから
立たなきゃって言い聞かす

前へ　前へと
進みたい
進みたい
だけど
一人ぼっちじゃ
なかなか進めないのよ
上手く進めないよ

だから、私、今、疲れたよ

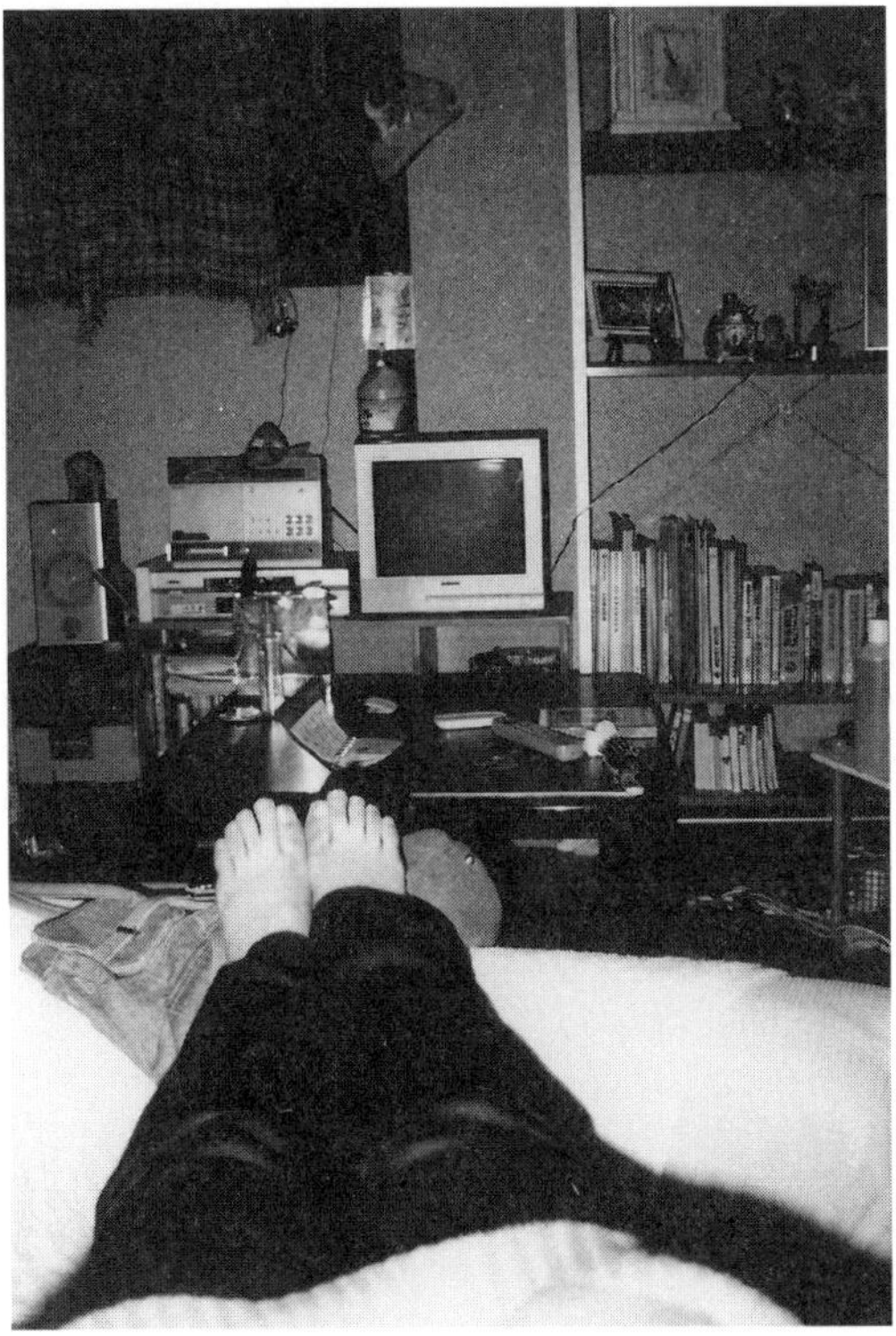

彼の大事な付属品

十八歳のあの人は
月十万のマンションで
車はムーブ
カメラはデジカメ
祖父はお偉い設計士
高価なお酒を用意して
私のために頼んだディナー
小さな箱のフタを開け
高価な指輪をさし出して
愛の言葉をささやいた

私はとっさに笑顔を向け
口を開いたその瞬間
かわいそうな人って
少し悲しく思ったの

都会

都会では混雑した車達が
喧嘩腰にクラクション鳴らしあう
それはイカれた私の頭ん中でも同じこと
優しさ御無用
同情無意味
だけど甘いガソリン求めてる
ガソリン切れたら
ついでにパンク
仕舞いには事故を起こしてしまうのね

遠くへ

悲しくって
寂しいときは
いつもそう

とても大切にしている物たちが
遠くへ消えてしまいそうで
こわいんだ

好奇心の裏側

仕掛けたのはあの人
　　同意したのは私

加速度をつけたのは私
　　それを快く受けとめたのはあの人

夢中になっていったのはあの人
　　急に冷たく現実に引き戻されたのは私

後に残ったのは

情けなさと罪の意識
そして
彼に対する裏切りだけで
彼に謝りたくてたまらない
声が聞きたくてたまらなかった

それでも
他の子と比べてみたかったのは確かで
だけど
もう二度とあの人とは会わないと思った

マシュマロ食べた

男の子は
女の子の前髪をかきあげて
おでこをゴチンとくっつけた

マシュマロみたいな唇だなと思って
男の子は
女の子の唇に手で触れてみた
女の子も
男の子の唇に手で触れてみた

そして

二人は
その感触を確かめたくって
唇どうしで食べ合った

男の子の鼻と犬のしっぽ

あの子
あの男の子の鼻にチュッとすると
男の子
やめてよと
ちょっとおこるの
ちょっとおこるのを可愛く思って
またすぐしちゃう

あの子
男の子になんで嫌なのって聞いたらね
男の子

君がもし犬なら
しっぽ触られるの嫌いだろ?
そう思うのといっしょだよって

あの子
ふふっと笑って
もう一度　チュッ

泣きたい日がここにある

泣きたい日がここにある

泣きたい日が
ここにある
子供っぽい大人の私を
ひきつれて
泣きたい日が
ここにある
背負いきれない
荷物をもちこんで

擦りつけ

悩みがあるから
笑ってみせるのに

心がイタイから
人に優しくしてるのに

そんなふうに
痛みを押し付ける

自分の弱さに
骨を折る

孤独

孤独だから　見栄を張って
孤独だから　大笑いして
孤独だから　街をふらついて
孤独だから　号泣して
孤独だから　大食いして
孤独だから　テレビで気を紛らして
孤独だから　愛する人を探して
孤独だから　消えていくもの達を追いかけて
孤独だから　所属して
孤独だから　従事して
孤独だから　自分にうそをつく

求めて求めて
一人ぼっちを認めた
私　生涯孤独と戦い続けなくっちゃいけないんだ

享受

笑って笑って
笑いつかれた後に

じゃれてじゃれて
じゃれつかれた後に

あなたは離さなかった
ギュッと私の頭を押さえつけ
私達はキスをしつづけた

苦しくて苦しくて

ねぇ　息がしたいよ

大きく空気を吸いたかったのに
それさえもできずにいた
それでも
あなたは深く深くキスをするから
私は涙が出てきてしまう

切なさを初めて知った時

あなたの唇は
深い悲しみに暮れ
疲れ果てた味がする
私の唇は
それを切なさとして享受し
涙に変えさすの

ズルいよ

重くて重くて
一人じゃ持ちきれないのに
私は冷たくなった重たい空気を
一人　胸にためこんだ

浮遊

一人ぼっちで
ぼんやり
一日過ごしていると

いつの間にか
昔の人と
空想の中で遊んでた

儚い夢の中で

人生について語ってみてよ
愛する人に問いかけた

人生は儚い
人生は夢だ

あなた　冗談っぽくも本気で言った

どうして？

と聞いたら
最後には全てが消えてしまうからだと言ったわ

じゃあ、君はどう思うの？

と聞かれたトキ
本当は洗いざらい心を流してしまいたかった
そしたら
そうすることで
私は私の人生を語れるような気がしたから

だけど
それはムズかしいことだわ

人生を語るのと同じくらい

火葬

火葬を終えて
軽く砕けたあなたの骨を
食べたいと
見つめていたのは私だけなのだろうか

母を産み
私をも存在させる結果となったあなたの骨は
嘘、偽りの無い真実のつまった偉大な骨で
私の体の中にあなたの骨を蓄積させることが出来るのならば

あなたは永遠に生き続けることが出来る
私と共に

火葬を終えて
軽く砕けたあなたの骨を
食べたいと
見つめていたのは私だけなのだろうか

制服の少女

毎日見る鏡
私　年老いていってるわ
ほら
目の下あたり
おいしくなさそう

こうして私
若さを恋しく思っていくのね
いつの間にか制服の少女の世界が
私の中で膨らんでいく

あの頃　私
やるせなかったのにネ
受験とクラスメイト
　息のできない日々に
　しゃがみこんでた

だけどね
最近わかってきたの
彼らの瞳の的《まと》は
制服の少女
食べちゃいたいのね
あの頃　私
食べられちゃえばよかったのにネ

そしたら何かが
変わってたのかもしれない
何かが

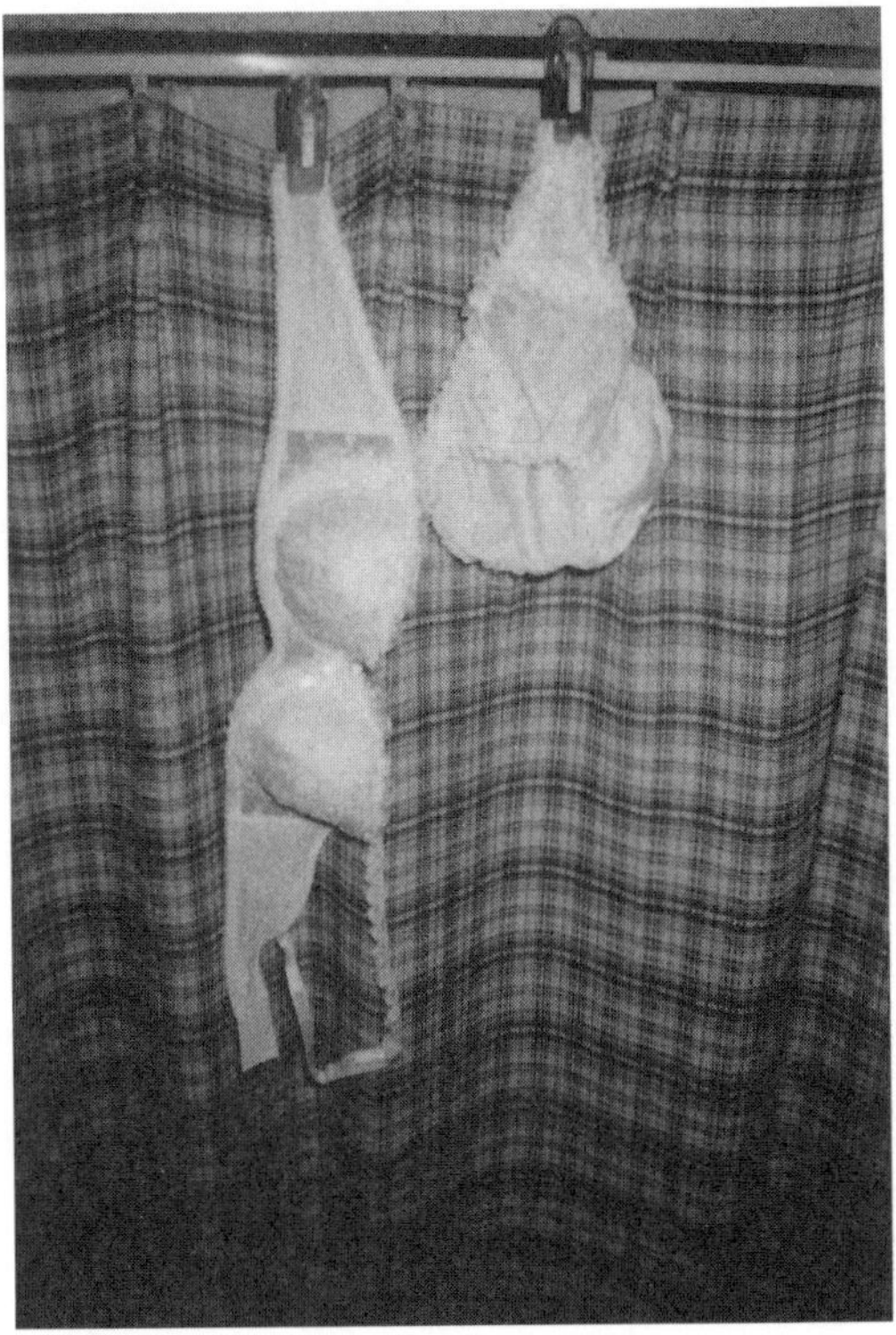

雌

下品な女の下品な笑顔
だけど
男の人達は
あんな女を欲しがるのかしら

ズルい女にだまされて
彼こそ彼こそ
泣き寝入り

弱い女に頼られた
彼は

すんなり
彼女の奴隷
冷めた言葉を浴びせられ
彼の世界は彼女に浸る

可愛い日

古い神社の石段の上
初冬の空を見上げれば
楠の木の隙間からのぞく
温かい月

彼の膝に
おしりをちょこんと乗せて
キッツキみたいね
と言いながら

何度も何度もキスをした

ステンドグラス

あの言葉が　胸を突き刺す
あの瞳が　胸を突き刺す
それは一瞬にして
ステンドグラスガクズレテイクヨウナ
それは一瞬にして
ステンドグラスガツキサスヨウニ

夜の戯言

夜の世界の裏方で
毎晩くりかえされる夜の戯言

あの娘は銀座の女王様
今夜の客はつれないわ
金持ちいないし指名も少ない
そう言いダイヤル離無く回し
タバコをいっぷく
ため息ひとつ

若さと厚化粧で隠したやつれ顔

少女は鏡越しにその娘を見ながら
その娘の一生を
垣間見たような気がして
少し悲しく
あわれに思えた

心の瞳

子どもの頃
一人一人の瞳を見て話してた

二十歳の今
一人一人の瞳を見て話せなくなっていた

瞳は心　心は瞳

私の心を見透かされそうでコワイから

服従

あなたに
負けたくないのに
負けたくないのに
負けていることばかりで
気力を失い
力尽きてしまったあと
私は
あなたの胸ぐらをつかみしなだれた

それでもあなたは優しくて
そっと微笑み

深く私を包み込む

いくつかの時が過ぎて
ボロボロになった私の心が
すっかりあきらめてしまったとき
私は
私はあなたになされるままになる

ねぇ
悲しいのよ
愛しすぎていることで
すでに負け

ねぇ
悔しいのよ
服従することで

それを認めてる

生まれて生きて

心が赤く色づいた
ふわふわ柔らかくって
気持ちよかったよ

唇ってキスするの？
生きることを楽しむための術なのね

そう
私　魔法にかかったよ

世界が優しい
幸せを深く深く感じたわ
世界が遠くにぼやけてみえた
時の流れも感じたわ
生まれて生きて
私は幸せ

あなたの肩に

あなたの肩に小さな孤独　重たい孤独
ため息一つで
そいつは現れ
ゆっくりゆっくり　体を浸す

あなたの肩に小さな孤独　重たい孤独
だから　ここに来たんだね
暖かい場所求めてる
わかる　わかるよ

あなたの肩に小さな孤独　重たい孤独

だからその言葉を選んだのね
温かい言葉求めてる
わかる　わかるよ

かくれんぼ

かくれんぼ

美しすぎて
世界と溶け合うことが出来ない魂　ひとつ

ここに
　　みぃいつけた

優しさの使い方を知らなくて
宙を散乱したまんまの魂　ひとつ

そこに
　　みぃいつけた

不安定に定まんなくって
宙を漂ったまんまの魂　ひとつ

あそこに
みぃいつけた

悲しみが深すぎて
世界の片隅で身動き出来ないでいる魂　ひとつ

そこにも
みぃいつけた

檸檬の雫

ねぇ
あなたもあの日
私と同じ気持ちを隠し持ってたんでしょう
庭になっている檸檬の実を二人齧った
溢れる汁が酸っぱくて

檸檬が涙を連れてきて
涙が悲しみを連れてきた

何泣いているのよっと
言い合った底から笑いが込み上げてきて

それは悲しみを飲み込んだ
少しだけの切なさ残して

夕日に照らされた

私たち笑いに包まれながら切なさを隠し持っている

檸檬の雫

分離

大人に向かってジャンプするの
ジャンプしたら
その勢いで
私の核だけが空へと向かい飛びだすのに
体は
体は
その反動で
下へ下へ下へ
いらない物みたいにして砕けていった

こんなにも寒い冬の日に

あなたは
子どもで
子どもで
子どもで

少しだけ大人

だけど
求めるものもなく
求めるものもなく
未来を

暗闇の中に見たがる
見たがるものが見えない不安
不安を隠す
不安を隠すため
馬鹿なフリに身を染めて
おどけた日常の中に身を浸す

いい加減にして！

私　それを掘り起こす
あなたには向上心がないの？　っと

あなたを素っ裸にした

こんなにも寒い冬の日に
ガタガタに震えながら
寒そうに凍えながら泣いていた

二十歳の男の子

認めるあなたに
ますます水をさすものだから
あなた「辛い」って　か細く呟いた

あなたを素っ裸にして
あなたの中に自分を見ていた

二十歳の女の子

拡散と統一

将来
大学2年　秋
不安　涙
涼しい　夜　透明
ブルー　悩むほど悩む
見えない空間　抽象的な広がり　まとまらない
まとめてみる　大切な物おっこちる
過去　思い出の隙間道　共に過ごす
二十歳　向上性　夢と感受性　愛される
時を共にする　同じ物を感じる　受け止める　見つめる
愛する　同情　情け　愛される　喜び　受ける　拒む

真心踏みにじる　キズつける　キズつく　心がイタイ
成長したい　素敵に年を取ろう
壁を越える　つらい　大切に　大人に　心を

進歩

逃避する　忘却することで
別の世界で　幻を見て

だけど
生きてる
私たち
夜明けには現実に戻らなきゃいけないんだ
辛くても

認めて
受け止めて
苦しんで
乗り越える

認めて
受け止めて
苦しんで
乗り越える

生きよう
悩んで
見つけよう
悩んで

受け止めよう
苦しんで
世界を知ろう
考えながら
優しくなろう
苦しみを知って
幸せを感じよう
愛を見つけて

依存症

喫煙者が
タバコに依存するように

薬物中毒者が
薬物に依存するように

アルコール依存症の人が
アルコールに依存するように

現代人は携帯電話に
依存する

あたしは携帯電話依存症
あしたは健康食品依存症

日なた

弱みを見せた
あなたは素直　そして弱い
死ぬことについて語るのね
死ぬことが怖くてたまらないと
愛情の溜まり場を求めてきた
あなたを愛することしかできないけれど
愛がこぼれて
愛がこぼれて

こぼれる愛が涙にかわる

通過儀礼

放課後だけが心待ち
その後
世界を抜け出して
何度くらい
愛を交わしたんだろう
何度くらい
赤い夕日にさよならしたんだろう

冷たくなった紅葉が
あなたの掌へと舞い降りた

すべてのことを
漠然と受け止めていたけれど
すべてのことを
何も理解できずにいた

大人……

愛し合うことが？

いいえ
時の流れはいたって自然で

ただ
少しだけ長い山を通るトンネルを
抜けてく感じ……

ただ
抜けたあとの山景色が
紅葉と変化してただけのような感じ……

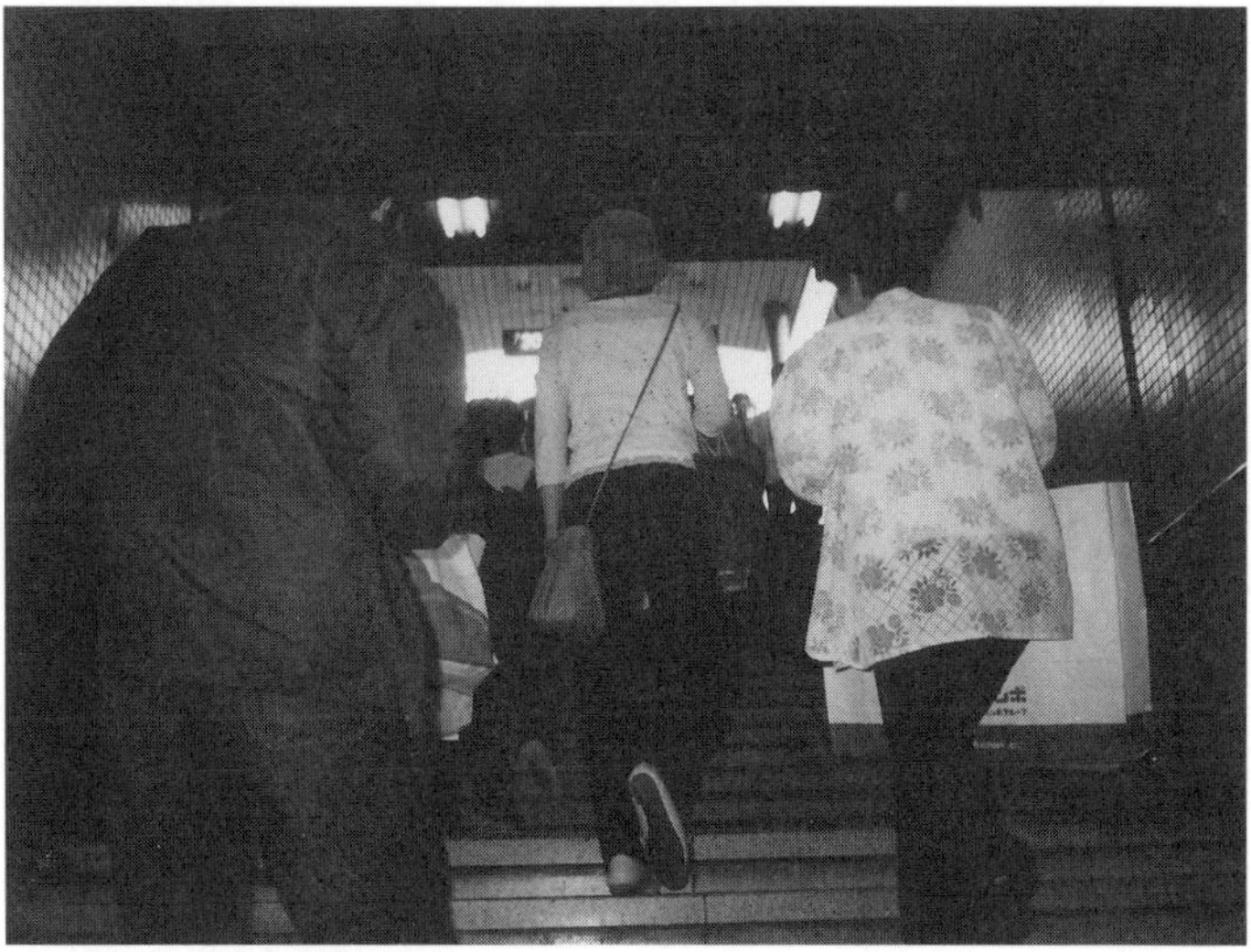

あの日の哀傷

千年前にこの世を去った
若き友が脳裏をかすめる

時代を彼に捧げても
時代を彼に捧げても

あの日の言葉は枯葉と変じて
風に流され行方をくらます

喉元過ぎれば熱さ忘れる

あの日の哀傷　いわば流行で
時代の傷とおんなじように
すぐさま風に流されて
季節の中で行方をくらます

脳を時代が駆けてゆく
時代が季節に融けてゆく

ただ　理由《わけ》もなく

好きで好きで
しかたがないから
あんなにキスをしてしまうのよ

キスしてキスして
あなたの唇を
枯らしてしまった

あなたは困った顔して笑う
これじゃあ　明日はキスできないねって

だけどね
わたし　どうしようもなかったんだ

溢れるもの達

後ろから
あんなふうに抱きしめられると
ドキッてするから
その反動でこらえきれず
胸に詰め込んでた
愛の言葉達が
幾つも幾つも
溢れてしまったケド

言葉達が
軽くこぼれていきそうで

コワかった

余韻

冷えきった私の心
あなたの手の温もりだけが温かい

だけどね
一秒でも離れると
そこに残るのは
ただの余韻

そして後に私は涙を流す
涙はとっても温かい

だけどね
スーッと頬を伝った後
そこに残るのは
やっぱり冷えた
その余韻

脱水症状

心は熱く腫れ上がり
ノドはカラカラ潤わない

キズつきたくない
キズつけたくない

だけど
逃げたくないから
心が困る

一度本気で言った言葉
その言葉は
かわらない
かわらないけど
昔になる
今が昔になりそうで
四六時中
目が熱い

心は熱く腫れ上がり
ノドはカラカラ潤わない

動物みたいに

動物みたいに

ねぇ
あの子の心　知ってる？

あの子
彼が本能で動くの好きよ

唇を欲しがって
肩に手をまわしたがる
首をさわるのネ

あの子の瞳の奥にある

秘密を見透かすようなその瞳

あの子
彼の本能が見え隠れするの
楽しがってる
理性が現れて
本能を抑えたりするの

いつかね
理性が壊れてしまって
本能がもっと強くなればいいのにって
そう密かに願ってる

きっと
そうなればあの子
逃げるから

彼が追いかけてきてくれればいいのになって
そう密かに願ってる

溺れるほどの安らぎを

熱くて厚い唇に
　冷たく薄い唇を
私を枯らしたこの心に
　溺れるほどの安らぎを
冷たい世界にカギかけて
しがらみ全て捨てたあと
世界で一番素敵な言葉
そういう言葉で

時を結んで

甘くも苦い味

喧嘩の味をしめてしまった

喧嘩という
甘くも苦い味のドラッグ

喧嘩の途中のあのモーション
別れる気など甚だないのに
別れ話を口に出す
半分意地と
半分試しと

丸く収まった後の
あの零れんばかりに満ちた愛情
優しさに包まれた

あぁ
私たち
喧嘩の味をしめてしまった

熱の行方

今
あなたからの電話に出たくない

声を聞いたとたん
口からこぼれる不満達
無性に腹がたつのよ

でも
もし

もし

ここにあなたがいたら
壊れていく私を見てあなた
ぎゅって抱きしめるでしょう

始めは反発して
だけど
すぐに受け入れて
そしたら
私
急にしなだれていく
しゅーん
って
体にこもってた熱が溶けてしまう
溶けてしまった熱は宙に散らばって
すぐに消えてゆくわ

強く生きる

壊れそうなら
　　　　　ここに　おいで

ギリギリで生きているなら
　　　　　ここに　おいで

優しく呼吸を整えてあげる
温かい飲み物を
甘い食べ物を
一緒に食べましょう

少し落ち着いたなら
世間から遠く離れた場所に
地球の鼓動を感じられる場所に戻ろうよ

透明の水を体に通して
毒を吐いていくのよ

少し苦しいけれど吐いてしまえば気持ちいいでしょ

あなたの中の
「いらないモノ」タチ

きっとあなたはいくらかばかり世間のことを想うだろうケド
自分の考えていた「強く生きる」の枠組みを取り外し
新しく組み立てる「強く生きる」

「強く生きる」ことを
我慢することと履違えないで

それはね　安全と危険を持ち合わせた事情の中で
笑って泣いて怒ってぶつかって認めて受け止めて
感じて悲しんで喜んで認めて受け止めて「生きる」ことだから

「生きる」ことの意味を
生命を維持することばかりに目を向けないで
それは
朝、鳥のさえずりに快く目覚めたり
流れ星に心を奪われたり
雨上がり、虹に溶けた銀色の蜘蛛の巣をきれいだと感じたり
満月の下、金色に波打つ稲穂の偉大さに
宇宙を想ったりすることだから

世間に埋もれて
ただ　ただ「強く生きる」のはおよしなさい
世間に埋もれて
ただ　ただ「強く生きる」のはおよしなさい
大地に根を張り、しっかり「強く生きる」のよ

イタイ体

空元気に空返事　空愛想に上の空

大切な人に裏切られた後
この体はイタイところだらけなのに
心をも生きさせるなんて残酷すぎるよね？

人が泣いていたって脳でなんかわかんないよ

方程式に当てはめてイキルんだ

イタくて　重たい　腐りかけの肉体に

日々、ムチ打ち
鎖で引きずり生き延びさせるには
魂棄てなきゃ枯れてしまうよ

この体はイタイところだらけなのに
心をも生きさせるなんて残酷すぎるよね

空元気に空返事　空愛想に上の空

ただ　純粋に

人が意地悪しても　私は泣かないけど
人の欲に塗《まみ》れた心を見てしまったら泣きたくなる
自分の意地悪な心を見ても仕方ないと認めるけど
自分の欲に塗れた心を見ると
よくもまあ、腹黒く育ったものだと
人様には隠しておこうと心の中に仕舞い込む

わかる？　その違い

空間を飛び交う

欲に塗れた心を見ると
捕まえて捕まえて
詰め込んで詰め込んで
地球上からキレイさっぱり

排除したくなる

理想主義極まりない？
理想主義極まりないよ
わかってる

でもね
それとこれは別のこと

ただ　私は
人が人を純粋に受け止めて欲しいだけで

ただ　私は
自分が人を純粋に受け止めたいだけで
つまり　私は
人に自分を純粋に受け止めて欲しいだけなんだ

古キズ

「ごめんな」と　自分勝手を認めるものだから
もう僕を好きにしてとさらけ出すものだから
反発する術を失い　ぶつける場所を見失う

ケド
ふりしぼった私の
「友達になろう」の申し出に
あなた　易々と右手を差し出すものだから

「わかってない」と
殴ってやった

赤く染まる　あなたのほほ
一生　そこに　古キズが残ればイイのに

哀れんで

突き放されていたのよ　私
それなのに
泣きじゃくりながら
「もう少しだけ一緒にいて」と
あなたの服の裾を強く握り締め
子どもみたいに必死にせがんでた

それでも
あなた　耐え切れないからと
胸が苦しいんだと
一秒でも早く　この場所を離れたがった

突き放されてたのに　私
それでもあなたを逃したくなかったのよ
だから
玄関にカギかけて
行かないでっと泣きじゃくり
懇願したのに
……懇願したのに
　何でもあげるからって

もう何もいらないからって

……それでも
それが無理な願いであることを認めたとき
これが最後だからと
「最後にキスをして」と

私　あなたにせがんだの

あの時　あなたが瞬時に見せた瞳の意味
よく理解できなかったんだけど……
あなた仕方なく
世界で一番　力なく浅はかなキスをした

……だから

私　仕方なく
あなたをこの部屋から解き放った

そっか
あなたが見せた瞳の意味

哀れんでたんだね

私のこと

好きが許せないを上回った

好きが許せないを上回った

口惜しいのに
口惜しいのに
狂おしいほどに
好きが許せないを上回った

だって
他の人じゃ満たせない部分を満たせる人が
あなたしかいないんじゃ
どうしようもないじゃん

すき

素直に？　って
素直に？　って
素直になってまたキズついたらどうすんのよ

だけど
やっぱり
好きが許せないを上回った
口惜しいのに
口惜しいのに
狂おしいほどに

好きが許せないを上回った

無題

私は今
何処

偏って大人で
偏って子ども
偏って甘えん坊で
偏って自立して

私の核は一人歩きしているのに
私の体はぬるま湯から出ることを
拒んでる

私は今
何処

私は今
此処

著者プロフィール
吾郷　真夜（あごう　まや）
1982年7月18日、佐賀県に生まれる。
2001年、佐賀県内の高等学校を卒業。
現在、兵庫県内の大学に在学中。
本作はデビュー作である。

泣きたい日がここにある

2004年1月15日　初版第1刷発行

著　者　吾郷 真夜
発行者　瓜谷 綱延
発行所　株式会社文芸社
〒160-0022　東京都新宿区新宿1－10－1
電話　03-5369-3060（編集）
03-5369-2299（販売）

印刷所　株式会社エーヴィスシステムズ

ISBN4-8355-6869-9 C0092